거꾸로 사는
세상이 편하다

전병일 시집

시음사
시사랑 음악사랑

시인의 말

글을 쓴다는 것에 매료되어
글을 쓰는 분들을
은근히 갈망하고 부러워했다
삶이 버겁고 힘이 들 때
펜 가는 대로 쓴 수필이
글을 쓰는 계기가 되어 수필에 입문하였고
이어서 詩에 도전하게 되었다

무지에서 시작한 글
다시 되돌아보면 부끄럽다
망상과 꿈속에서 시어를 찾기보다는
현실의 실상과 대자연에서
"詩題"를 얻는다

詩는 정답이 없다고 생각한다
그저 시인들만의 독특한 개성과
특유의 기질을 표현한 글이라 생각한다

이순의 나이에 제2 인생을 시작하면서
늦은 시작 부족한 "詩"
한편 모아 세상에 내놓습니다
인연이 되어주신 모든 분 감사드립니다.

시인 전병일

* 목차 *

* 목차 *

제3부) 인생길

제4부) 잔상

＊ 목차 ＊

QR코드 스마트폰으로 QR 코드를 스캔하면
시낭송을 감상할 수 있습니다.

본문
시낭송
감상하기

제목 : 황산
시낭송 : 박영애

제목 : 적상산
시낭송 : 박영애

제목 : 숲으로 가는 길
시낭송 : 최명자

제목 : 딸들이 많아서 좋겠소
시낭송 : 박영애

제목 : 거꾸로 사는 세상이 편하다
시낭송 : 박영애

제목 : 징검다리
시낭송 : 박태임

제목 : 한결같은 마음
시낭송 : 최명자

제목 : 내 마음의 호수
시낭송 : 박영애

제목 : 갈대의 심정
시낭송 : 박순애

제목 : 상사화
시낭송 : 박영애

제목 : 파도
시낭송 : 김지원

제목 : 만추의 길목
시낭송 : 박영애

제목 : 가을이 오는 소리
시낭송 : 최명자

시인은 자연을 이야기하고
시낭송가는 자연을 품었다.
글자는 날개를 달아 언어로 날고
소리는 자연에 눕는다.

제1부 > 숲으로 가는 길

봄에는 어린 새싹과 꽃봉오리 피워 주고
여름철 푸른 옷 입혀 녹음길 걷게 하고
가을엔 오색 물결에 춤추며
겨울 오면 하얀 설경에 환호성 하게 한다

먼나무[1]

항상 푸름에 붉은 열매 달고
지나는 이 현혹한다

진한 회갈색에 매끄러운 껍질
두꺼운 잎 달고 사시사철 같은 옷 입고

눈비 맞으며 바람 불어도
붉은 팥알 오래도록 힘겹게 달고

푸른 잎과 눈송이에 숨어서
나를 보라 유혹한다

저 나무
먼 나무요?

난
먼 나무다.

---

1 [먼나무] 원산지:한국(제주도, 보길도), 일본, 중국, 동남아
  분류:감탕나무과 / 감탕나무속, 꽃말:보호

제1부> 숲으로 가는 길

생강나무

깊은 산 잔설 위에 벌거벗은 생강나무[1]
노랑꽃 망을 터트린 봄의 전령사
꽃들이 가고 나면 생명력 발동하여

어린 새싹 작살 차로 변신하고
어른 잎은 흰 가루에 부각 튀김으로
우리네 밥상에 오르고

새앙나무 생나무 생강나무
그 이름 가지가지

녹색 구슬로 탄생 흑색으로 결실 보아
머릿기름 만들어 꽃단장케 하는
봄의 전령사 생강나무.

---

1 [생강나무] 원산지:한국, 일본, 중국, 분류:녹나무과 / 생강나무속
꽃말:매혹, 수줍음, 사랑의 고백

산사나무

매봉길 전망대 앞 산사나무[1]
바위틈 명당자리 터전 잡아
가는 이 쉬어가라 부른다.

우측엔 매봉길이
좌측엔 독배길로
봄에는 흰 구름 꽃,
여름엔 녹음 장수
가을엔 연분홍 잎,
겨울엔 붉은 팥알 달아

오가는 이 쉼터 주고
보따리 풀게 하여
이야기꽃 주고받고
맺힌 땀 식혀주는
저녁노을 아름다운,
매봉길 전망대 앞
산사나무.

---

1 [산사나무] 원산지 : 한국, 중국, 일본, 극동러시아
　　　　　　분류 : 장미과 / 산사나무속, 꽃말 : 유일한 사랑

제1부> 숲으로 가는 길

물푸레나무

산기슭 흰 얼룩무늬 완장 차고
잎은 나를 보며 마주한다.
꽃은 원추꽃차례
열매는 날개 달고 흩날리며

물을 푸르게 한다고 하여
붙여진 이름
물푸레나무[1]

그 단단한 몸집은
우는 아이 회초리
죄인심문 곤장 대
탈곡 도리깨로

그 명성은
천연기념물 286호이다.

---

1 [물푸레나무] 원산지 : 한국, 중국, 일본
　　　　　　분류 : 물푸레나무과 / 물푸레나무속, 꽃말 : 겸손, 열심

자귀나무[1]

아침 햇살에 양 날개 쭉 펴
연분홍 부챗살 우뚝 세우고
향기로운 매력을 발산한다.

뾰족한 꽃봉오리
나팔소리에 벌 나비 내려앉아
새 생명 품는다

어둠이 내리면 양쪽 날개 덮어
저녁 이슬 머금고
생명줄 주렁주렁 매달아

스쳐 가는 바람에
사스락 사스락 춤을 추자
사람들 시끄럽다 소리치니

놀란 가슴에
자귀는 생명줄
모두 다 떨군다.

---

1 [자귀나무] 원산지 : 한국, 이란, 남아시아
　　　　　　 분류 : 콩과 / 자귀 나무속, 꽃말 : 환희, 가슴이 두근거림

참죽나무

봄이면 수탉 볏처럼 솟아나는 붉은 잎
잎눈 언저리는 크고 선명하다
오랜 기간 돌담, 집, 터 서리에 공생하며

배고팠던 과거
전 부각 장조림으로
우리 밥상 올랐던 참죽나무[1]

배고픔 해결되어
우리 곁을 떠났다가
미식가들 부름에
우리 곁 다시 찾아

잎을 피우면
꺾기고 꺾여
참 괴로운 삶이지만

그 새싹
향긋한 봄 향기로
우리 미각 자극한다.

---

1 [참죽나무] 원산지 : 중국, 인도, 태국
       분류 : 멀구슬나무과 / 참죽나무속, 꽃말 : 누명

쥐똥나무

열매가 쥐의 배설물 같다 하여 붙여진 이름
흰 꽃을 피울 때면 그 향기
구만리 코끝을 여미네.

가름한 잎은 손가락 두 마디 정도
적당한 길이에 서로 마주 보며
왕성한 가지는 빈틈없이 서로 안아
세상 허물 가려주고

북에서는 흑진주 검정 알이라 부르고
우린 쥐똥나무¹라 칭한다.

또 다른 이름 사마귀도
떼어 낸다는 쥐똥나무

덩치는 작지만, 매연과
짠 바람에도 잘 견디는

울타리 경계 목으로
왕좌의 자리를 지키고 있다

---

1 [쥐똥나무] 원산지 : 한국, 일본
　　　　　　분류 : 물푸레나무과 / 쥐똥나무속, 꽃말 : 강인한 마음

　　　　　　　　　　제1부> 숲으로 가는 길

아카시나무[1]

아카시아 너는 어디서 왔느냐
태평양 물 건너서
무엇 때문에 이 먼 타국 땅에
산사태 막으려고 왔소이다.

이곳에 와보니 온 산야가 벌거숭이
오리나무, 리기다소나무, 상수리나무와 함께
벌거벗고 있는 산, 아오리상[2] 옷을 입혀 주었지

세월이 흘러 꽃도 주렁주렁 매달아
꽃향기도 날리며
벌들에게 꿀도 주었다

가시가 있어서 천대받아
난방재로 아궁이에서 불태워졌지만
아카시아 꿀의 명성으로
목숨을 연명하고 있단다.

---

1 [아카시나무] 원산지 : 북아메리카, 분류 : 콩과 / 아카시나무속, 꽃말 : 품위
2 아오리상 : 아카시아, 오리나무, 리기다소나무, 상수리나무의 약칭

느티나무[1]

수많은 세월
마을의 듬직한 수호신
정자나무

비가 오나 눈이 오나
그 자리 그대로
변함없는 쉼터를 준다

모진 풍파 속
질곡의 남겨진 동공(洞空)
메워 보려고 애쓰지만
메워지지 않은 상흔
외과수술로 치유한다

그늘과 쉼터, 마을 안위
아낌없이 주었던 수호신
힘들고 아프다는
말 한마디 없이

만추의 끝자락
모든 것 다 내려놓고
인고의 음영을 그리며
새 희망을 꿈꾸고 있다.

---

1 [느티나무] 원산지 : 한국, 일본, 중국
　　　　　분류 : 느릅나무과 / 느티나무속, 꽃말 : 운명, 행운, 건강, 장수

편백나무

수많은 나무가 있지만
편백나무[1]
너는 사람들로부터 호감을 받는다

따듯한 곳을 좋아하고
잎의 뒷면에 Y자 넥타이가
화백 잎 V자와 구별된다

더욱 호감을 받는 이유는
네가 품어내는 피톤치드
아토피 치료 효과 덕분이다

그것뿐만이 아니라
너의 몸체가 만들어낸
도마, 판재, 베개 등 그 명성 때문에

우리가 좋아하는 나무
너는 편백
나는 그 숲을 거닐고 싶다.

---

1 [편백나무] 원산지 : 일본, 분류 : 측백나무과 / 편백속
꽃말 : 변하지 않는 사랑, 불멸, 불로, 불사, 견고한 우정, 강한 인내력

18

개암나무[1]꽃

춘삼월 만물이 움츠린 이른 봄
가지가지마다
노란 수염 죽 늘어뜨리고
가는 이 눈길 사로잡는다

노란 수염 마디마디마다
수줍어하는 붉은 암꽃
꽃향기에 벌 나비 불러
향기에 취한 벌 나비

노랑꽃 빨강 꽃 오가며
꽃가루와 꿀 사냥에
암 수꽃 합방 시켜

새 생명 잉태하여
꽃잎 피워 씨방에서
수줍은 듯 하얀 속살
반만 드러내며 윙크한다.

---

1 [개암나무] 원산지 : 한국, 중국, 일본, 시베리아, 극동러시아
　　　　　　분류 : 자작나무과 / 개암나무속, 꽃말 : 화해

호두[1]

암수한몸
수꽃은 긴 수술 늘어트리고
암꽃은 호두를 달고 꽃을 피운다
암수한몸 벌 나비 바람 따라 맺은 연

외과피가 녹색으로 반년을 성장하면
내과 피는 단단한 황금 골질로 성숙한다
외과피, 내과피, 제거하면
비닐 껍질과 함께 먹을 수 있다

정월대보름 부럼 깨기요
결혼식 많은 자손 의미로
두뇌 건강, 피부미용에 좋은
건강식품으로 주목받는

나는 호두다.

---

1 [호두] 원산지 : 중국, 히말라야동부, 발칸반도
　　　　 분류 : 가래나무과 / 가래나무속, 꽃말 : 지성

홍단풍[1]

내 이름은 홍단풍
나목들은 가을이 오면
오색 그림을 그리느라 바쁘다

난 일 년 내내
단풍 옷 입고 살아가지만
나를 아는 사람은 그리 많지 않다

그 이유는
단풍은 가을에만 온다는
착각 속에서 살아가기 때문이다

나목의 틈바구니
나 홀로 가는
홍일점

잘나고 못난 사람
부자와 가난한 자
세상사 혼자 갈 수 없듯이
무리 속에 묻어간다.

---

1 원산지 : 일본, 분류:무환자나무목/단풍나무과, 분포:한국, 일본

황산(黃山)

신이 내려준 산
그 이름 황산[1]
하루에도 몇 번씩 변덕쟁이 먹구름은
비, 바람 몰고 와 산기슭에 쉬어간다

깊고 깊은 대협곡과
하늘을 찌르듯이 솟아오른 기암괴석과 노송은
세월의 유구함을 느끼게 하는구나

운해의 긴 터널을 뚫고 삭도 타는 케이블카
운무(雲霧) 위를 오르락내리락 시소 춤추고
가파른 협곡을 질주하는 모노레일
동화 속 디즈니랜드 온 듯하다

등산로 일보일경(一步一景)[2]에
일출 광경의 명소 광명정(光明頂)은 인산인해(人山人海)
짐꾼 가마꾼의 깊은 한숨 소리
비례 석에 두 손바닥 붙이고
가슴속 소원을 빈다

---

1 황산 : 중국 안후이성 황산시에 있는 산
2 일보일경(一步一景) : 거름을 거를 때마다 펼쳐지는 풍경

나도 비래석(飛來石)[1]에 두 손바닥 밀착시키고

건강, 관운, 재물, 사랑

4번의 손바닥을 맞춰본다

아 차가운 기(氣) 들어온다.

제목 : 황산
시낭송 : 박영애
스마트폰으로 QR 코드를 스캔하면
시낭송을 감상할 수 있습니다.

1 비래석(飛來石) : 하늘에서 떨어진 듯한 모양돌

적상산(赤裳山)

불변의 앞치마 두르고
우뚝 솟아오른 향적봉
망원대와 안렴대 편대 달고
천하를 호위하고 있다

저 멀리 마이산과 백운산
단지봉, 시루봉, 대호 산을
품 안에 안고

산 아래 적상호
험준한 기암괴석 수로 타고
정상 호숫물과 합수되어
긴 도수터널을 쏜살같이 내달려
큰 터빈을 돌려 만인의 빛을 밝힌다

산세 높아 늦은 봄, 푸른 치맛자락
이르는 가을, 빨강 치마 갈아입고
백설이 난무하는 날에는
철갑을 두른 체, 굳건히 산하를 지킨다

불변의 치맛자락 밑, 내 고향

자나 깨나 눈 맞춤에

어머니 품속 같은 그대는

나에 호신

적상산[1]이다.

제목 : 적상산
시낭송 : 박영애
스마트폰으로 QR 코드를 스캔하면
시낭송을 감상할 수 있습니다.

---

1 적상산 : 전북 무주군 적상면 소재 (높이는:1,034m)

숲으로 가는 길

숲은 나를 부른다.
숲의 메아리에 달려간다.
가는 괴나리봇짐 안 간식거리 오물쪼물 챙겨
숲에 다다르면 이마와 등줄기를 적신다.

봄에는 어린 새싹과 꽃봉오리 피워 주고
여름철 푸른 옷 입혀 녹음길 걷게 하고
가을엔 오색 물결에 춤추며
겨울 오면 하얀 설경에 환호성 하게 한다

가는 길 적막함에 등산 도우미 친구가 되어
가는 지점 간간이 알려 주고
딱따구리 까마귀 소리에
발길 멈추게 한다

하산길 거무스레 어둠이 내려앉아
스산하게 스쳐 가는 바람 소리
놀란 가슴에 등골이 오싹하지만

숲이 나를 부르면
두 다리 멀쩡할 때
숲으로 달려가마.

제목 : 숲으로 가는 길
시낭송 : 최명자
스마트폰으로 QR 코드를 스캔하면
시낭송을 감상할 수 있습니다.

제2부> 빈 궁궐에도 봄은 오고 있다

옆 모퉁이 앵두나무 남산만 한 배
뒤 안뜰 보리수도 보름달을 그리고
대문 앞 수선화는 고개를 삐쭉 내민다

호박넝쿨

앞마당 담벼락 양쪽 옆 모퉁이
노모님의 정성 어린 호박 씨앗
그 정성을 알기라도 하듯
갈고리 앞세워 땅 힘 받아 걷는다

심신의 진료차 잠시 출타한 사이
옆 모퉁이 호박 넝쿨 줄기만 무성한 체
꽃피울 줄 모르고 줄기와 곁순을 키워
처마 밑을 자기 터전인 양 매워 버렸다

이놈의 호박은 꽃도 안 피우고
넝쿨만 크냐고 구시렁대는 노모는
호박 곁순을 따고 비워둔 장 꽝으로
첨단의 갈고리 손을 잡아 유도한다

호박꽃도 꽃이냐고들 하지만
꽃이 피어야 꽃인지, 아닌지 알지
애꿎은 어린 순만 잘려 찜통 속에 삶기지 말고
호박꽃에 호박 좀 달아주오.

마디 오이

화분 속 시집온 마디 오이
그 이름값 마디마디마다
꽃을 피우고 꽁무니 오이를 달았다

처마 밑기둥 타고 올라가
빨랫줄 타는 곡예사는
턱걸이로 몸맵시 자랑한다

주렁주렁 매달린 몸집
주인장에 말없이 내어주고
다음 마디 몸집을 키워간다

대가 없이 베푸는 마디 오이
빨랫줄에 고개 운전
또 다른 고행길 가고 있다.

빈 궁궐에도 봄은 오고 있다

심신 요양차 출타한 주인마님
그 궁궐 지킴이 꽃무릇은
푸른 머리 휘날리며 해님을 맞이한다

옆 모퉁이 앵두나무 남산만 한 배
뒤 안뜰 보리수도 보름달을 그리고
대문 앞 수선화는 고개를 삐쭉 내민다

주인마님 고향에 간다, 안절부절
딸내미 마음 흔들어 보지만
기력 없는 이 신세 그냥 체념한다

노리개 없는 창살 아파트
갈 수 없는 빈 궁궐이 그립다
주인 없는 뜨락에도 봄은 잘도 온다.

어머님 텃밭

어머니의 보금자리 지천이 텃밭이다.
앞마당엔 옥수수 다섯 이랑이 줄을 섰고
이랑 밑 아기 상추 나풀나풀 춤을 추며
이랑 시작 방울토마토가 이랑 끝은 가지 모가
방긋방긋 웃고 있다

옆 마당 한쪽은 마늘밭에 도라지 친구가
다른 한쪽 검정비닐 세 이랑이
손님을 맞이할 준비를 하고 있고
뒤란 장독대 옆은 부추밭이 자리 잡았다
처마 밑 화분 속 마디 오이는 기둥에 포옹하며
빨랫줄 잡으러 손을 내민다

조석으로 보살핌에 이랑과 고랑을 넘다 보니
지친 심신 소파에 몸을 누인다
텃밭의 식구들 정성 어린 손길에 답보로
무럭무럭 자라나 주인장 몸을 일깨운다

텃밭을 가꾸는 어머님의 마음은
가족과 이웃에 나눔과 베풂을 위해서다
나날이 자라나는 아름다운 모습에 반해
오늘도 아이들 텃밭으로 나가신다.

요양수급자가 되었다

올해 구순의 노모님
시집온 후 현재까지 고향 집
주인마님으로, 지금은 홀로 계신다

아들 따라가자고 하니
불편하고 갑갑해서 안 있겠다
난 여기 혼자 있겠다고 하신다

나이가 있고 혼자 있으니
불안하고 초조한 마음에
요양 급여 신청을 했었지만
아무런 회신이 없다

3개월 후 진료기록을 받아
재차 신청해서 4등급 판정을 받아
요양 급여를 수급하고 있다

요양 선생님은 마을 아주머니
주5일 3시간을 어머니와 함께 지낸다
주일 아들만 눈 빠지게 기다리다
주중 요양 선생님과 함께 지내니
홀로 계신 어머님이 안심된다

큰 대궐에 홀로 울적하신 울 어머님
요양 선생님과 주중 5일
겸상으로 한 끼 식사에 말동무로
행복한 일상으로 변했다.

요양 선생님과 동행길 시작
어머님의 청명하신 목소리에
불효자의 마음은 눈시울이 젖어 옵니다.

호박잎과 애호박

옆 모퉁이 터전을 지나
장 꽝을 덮어버린 호박넝쿨
호박은 보이지 않고 넝쿨만 무성하다

어쩌다 맺은 애호박
애지중지 떠받혀 주었지만
크다 말고 푹 곪아 떨어진다

갈고리 세운 무성한 호박넝쿨
옆 순을 집는 어머니
찜통 가득 넣고 쪄낸다

짭조름한 양념간장에
밥 한술 얹어 먹으니
입안에 사르르 녹는다

긴 장마에 순만 키워온 호박
된더위 속 호박을 달기 시작한다
긴 장마와 무더위에 달아난 입맛
호박잎에 애호박 전이 입맛 돋운다.

감꽃

사립문 앞 단감나무
아무 대가도 없이
주기만 했던 나무였다

올봄 미안한 마음에
맛있는 밥에 간식까지
주어 보았지만

오랜 세월 산고의 고통에
진을 다 소진했는지
감꼭지를 내려놓는다

울 어머니
행랑채 들마루에 앉아
자꾸 떨구는 감꽃에
자식들 먹을 감 생각에
아쉬운 마음을 갖는다.

어머님 미소

집안 텃밭에 돌나물 아기 상추 따서
고추장 된장 버무려, 단장하고
프라이팬에 몸을 굴려 숨을 죽인다

봄철 달아난 입맛 침샘이 솟구친다
매콤한 맛에 탁주 생각나
시원한 탁주 한 사발 갈증을 잠재운다

포만감에 행랑채 들마루에 누우니
대들보를 타는 전깃줄과 텅 빈 제비집
처마 밑 나뭇가지 황토와 얼키설키
그 옛날 고풍이다

해거름에 고추, 옥수수, 가지 모에
오이까지 텃밭에 시집보내니
구순의 노모는 입술이 귀에 걸린다
나도 배가 부르다
어머님 미소에.

귀환하신 어머님

이른 아침 전화벨 소리 울린다
힘겨워하는 목소리 통화 불능이다
놀란 가슴 119 호출 응급차에 실려서 간다

응급처치받으시고 돌아와 밥 한술
요양차 서울 둘째 딸 집으로 모셨다
그곳에서도 좀처럼 회복을 못 하신다

이곳저곳 진찰받으시고 처방전 받아
창살 없는 아파트에 설상가상 코로나 19
답답한 마음 한 달 만에 귀향길 나섰다

귀환하신 어머님 얼마나 간절했는지
곧바로 텃밭으로 나가신다
전보다 좋아진 모습 지금만 같았으면 좋겠다.

어머님의 호출

삼월 초하루 이른 아침
핸드폰이 울린다
어머님 전화였다
여보세요
아무런 응답이 없다

여러 차례 시도 끝에
핸드폰으로 들려오는
힘없는 목소리
무엇인가 불길한 생각이 든다

다시 전화를 연결해 보았지만
전화를 받지 않는다
119에 구원요청을 한다
구급대원과 통화 응급조치 후
병원으로 모시라 하였다

난 안도의 마음으로 병원으로 달려간다
링거주사 한 병을 맞고 누워계신 어머님
집으로 모셔와 밥 한술 드시더니
스르르 잠이든 얼굴 모습이
지난 세월 상흔으로 가득 차 보인다

혼자 계시기에 불안한 마음에
머나먼 길 달려서 간 딸네 집에 모셔 놓고
내일을 위해 발길을 돌려야만 했다
기나긴 하루의 여정이었다
부디 건강하시길 소원합니다
어머님~~~

딸들이 많아서 좋겠소

장손의 맏며느리로 시집오신 어머님
시동생 시누이와 시어머니 눈살 속에
첫째도 딸, 둘째도 딸, 셋째도 딸
딸 낳았다고 얼마나 눈치 보고 살아오셨을까

불안한 마음에 넷째를 가진 마음
이 또한 얼마나 불안하고 초조했을까
그 마음을 알아준 넷째는 아들인 나였다
이번에는 아들 낳았으니 불편하진 않았겠죠

세월이 흘러 동반자 먼저 보냈고
자식들 분가길 나서 홀로 온 긴긴 세월
이제 육신도 힘에 부쳐 병마와 싸우고 있는데
딸들을 많이 두어서 지금은 힘이 되어준다

딸 출산에 쓰라린 아픔도 있었지만
나약해진 육신 딸들이 번갈아 가며
한 달씩 같이 살아주니 감사하다
딸 많이 난 설움 이제야 행복을 느끼는 어머님.

제목 : 딸들이 많아서 좋겠소
시낭송 : 박영애
스마트폰으로 QR 코드를 스캔하면
시낭송을 감상할 수 있습니다.

고향 집

그리움에 향수가 서려 있는 터전
장독대 옆 돌감나무는 세월 속에 묻히고
그 자리 둥시 감이 자리 잡았다

마당 옆 돼지우리 비워진 지 오래
주인마님 희망의 텃밭이 되었고
대문 앞 헛간도 만인의 장이 되었다

혈육의 요람인 본체 슬레이트 지붕과
양잠소 행랑채 양철지붕도 묵은 옷 벗어
색동옷으로 갈아입었다

종갓집 3대 가족의 북적이었던 삶은
분가 길 떠난 지 수십 년 적막이 흐르고
홀로된 노모만이 그 집을 지키고 있다.

딱새

부리에 이끼를 물고
빨랫줄 타고 사주경계
눈치를 보던 딱새
지붕 밑으로 들어간다

아늑한 지붕 밑
새 보금자리를 마련한 듯
수컷 딱새는
보금자리 기초 자재들 열심히 나른다

몇 주 후
딱새 부리에는
먹이를 물고 날갯짓에 울어 댄다
옥수수 꽃대에 앉았다
빨랫줄에 앞뒤, 뜀뛰기 외줄 타다
모르는 체하였더니 행랑채 물받이 쉼하고
보금자리로 들어갔다

안 보였던 딱새 안주인
산란 이후 가냘픈 몸매로
사냥감 물고 나타나
번갈아 가며 보금자리 속
새 생명을 키워간다

딱새 부부님!
집주인 눈치 보지 말고
어린 자식들 얼른 키워
푸른 하늘로 날갯짓하게 하렴.

딸 하나 얻으신 어머니

종갓집 맏며느리로 시집와
6남매에 형제간 거두시고
큰 궁궐 홀로 지키는 어머님

딸 넷 나의 시고
경자년 8월 구순의 나이에
큰딸 하나 얻으셨네

질곡의 기나긴 세월
허기진 배 움켜쥐고 부뚜막에 쪼그려
거지 밥 먹으며 지나온 세월

이제는 육신도 힘에 부치고
잔병이 열두 가지 찾아와
요양수급을 받고 있다

평일 하루 3시간
말동무도 친구도 되어준
딸 같은 요양 선생님이시다

그간의 외로움에 자식들 언제 오나
눈 빠지게 기다려온 세월 뒤로하고
이제 큰 딸이 옆에 있어서 좋다.

요술 손

천연 댕댕이 덩굴손
폐광케이블
울 어머니 손을 거치면
어찌 그리 틀로 짠 듯 예쁜
소쿠리
연필꽂이
복조리로
변신한다

산업화에 떠밀려진 수공예품
어디에서 전수받았는지
하나둘씩 모아 보니
그 가치 작품성이 인정되어
명장, 명품으로 인정합니다

울 어머니 손
요술 손.

고깔모자를 쓰다

내가 태어난 가옥(家屋)
흙벽돌 벽체 위에 슬레이트 양철지붕
세월의 흔적 속에 빗물을 머금는다
비만 오면 울 엄니 집 무너질까 근심. 걱정
철거하고 새집 짓자니 엄두는 안 나고
두고 보자니 울 어머님 울상 펴지지 않고

발암물질 슬레이트 철거 비용 준다고 하니
이참에 철거하고 신소재 컬러강판으로
고깔모자 씌워보자

검정 기와에 고깔 용마루 씌워 놓으니
한옥 운치 보이고 태풍에도 끄떡없으니
울 어머니 근심. 걱정 내보내고
환한 미소를 짓는다.

어머님 일생

장손에 장녀로 시집오신 울 어머니
시동생 시누이 모두 출가시키고
평생을 같이한 동반자도 먼저 보냈다

하나둘 엄니 품을 떠난 육 남매 자식들
이제는 혼자되어 큰 궁궐과 함께
그 많고 많았던 식구들과 이별하고

쓸쓸함과 나약함에 치료 약과 친구가 되어
자식들 걱정에 간장 된장 담아 주고
조상님 차례상 제사상까지 준비하신다.

외로움과 쓸쓸함에 힘은 부치지만
텃밭 친구삼아 이것저것 수확하여
오늘도 지식을 기다리신다.

반찬 공장

염치 눈치도 없이 주말이면
빈 통만 짊어지고 가
돌아올 땐 한 짐 채워서 온다

이순(耳順)의 나이를 먹도록
반찬을 조달해 먹는
어린아이가 되었습니다

재료 조달도 안 해주는데
어디서 재료를 구했는지
매주 반찬통을 채워주신다

한 주 동안 어머님은
둥지 속 어린 새끼 먹잇감 사냥에
고심은 더 커지겠지요.

제3부> 인생길

수많은 사연 수북이 담아
쉼 없이 달려온 세월
굽이굽이 돌아온 자갈길이
비뚜름하기만 하다

깨달음과 지혜

코로나 발원지 중국 우환
남의 나랏일만 같았는데
이제는 지구촌 곳곳에 침투하여
그 확산 속도가 극치를 달린다

눈에 보이지도 않고 날개도 없는 것이
어찌 그리 사람들을 좋아하며
가슴속 깊숙이 자기 터전인 양 파고들어
숨통을 조여온다

인간들이 무슨 죄를 지었는지
사스 메르스 코로나
고통과 죽음의 강을 건넜다 한들
다음은 무슨 변종으로 찾아올까
걱정이 앞서 눈을 가린다

신종바이러스
지나친 보양식 문화와
동물들과 발려 속 오염물에서
변이된 산물이다

그 진원의 산물 자업자득
지나온 세월마다 빈번하게 발병하는
신종바이러스 그 원인이 무엇인지
알지 못하는 인류에 엄중한 경고이며
깨달음과 지혜 발휘의 경종이다

한 울타리 삶

아침이면 한 울타리에 모이는 삶
저녁이면 각자 집으로 흩어진다
다음 날 아침이면 다시 모이고
흩어지는 시간은 반복된다

가정에서 지내는 시간보다 많은
큰 인연의 삶 터전인 직장
공동체 조직을 이끌어 나간다

때로는 기쁜 일, 슬픈 일, 힘든 일
가슴속에 묻어가며 지나온 세월이
어느덧 종착역이 보인다.

한 울타리 여정의 삶
역사 속 사연에 방점을 찍어놓고
유종의 미를 거두어야겠다

우리 가족 행복을 이어온 삶의 터전
흰머리와 주름살이 대신하듯
기나긴 삶의 여정이었다.

시간 여행

어둠을 뚫고 여명의 원을 그리며
0시부터 24시까지 가야만 하는 나는
쉴 수도 없고 잠을 잘 수도 없다
그저 앞만 보고 가야만 한다

멈출 수 없는 사연은
과거 현재 미래의 멍에이다
공전과 자전의 규칙 틀에서
자연도 인간도 공통분모이다

하루의 여행길은 공평하게 주어진다
장밋빛 양탄자 길도 있고
고난의 가시밭 길도 있다

시작은 기대와 희망을 품고 가지만
그 길 속엔 수많은 사연과 고통의
잔재들이 발목을 붙잡을 때도 있다

멈추지 않는 시계 초침처럼
나는 희망의 꿈을 꾸며
또 다른 내일을 향해
뚜벅뚜벅 걸어가고 있다.

도시 나들이

고향 집에서 제례, 차례로 모셨던
선친분들, 경자년 추석에
제가 사는 집으로 모셨다

어머님이 이제껏 모셔왔지만
연로하신 어머님
제례 준비 졸업하는 날이다

처음 오는 낯선 곳이지만
아들 손자 집 구경도 하고
도시 구경도 하세요

도시 나들이의 시간은
그리 길지는 않을 겁니다
가는 날까지 편안한 시간 되세요.

가시밭길

연초부터 찾아온 불청객
암울함으로 짓눌린 삶
가느다란 희망의 불빛이
내 눈을 정조준하지만

창살 없는 거리에서
세월 원망도 해 보고
입을 가린 세월, 언 일 년
경자년 끝자락에 와있다

여명의 태양이 솟아올라도
코로나 19에 통제받아
발목 잡힌 생활 반경
그 자리 그대로 다

그 누구를 탓하랴
우리 업보인 것을
이해를 넘는다고 해도
또 다른 대협곡이 기다릴 것이니.

떠날 땐 빈손

흙수저에 물려받을 유산도 없지만
게으름의 극치
부친 사후
강산을 두 번씩이나 넘겨
형제지간 협의 분할
상속등기를 마쳤다

물려받은
작은 유산
그래도 마음은 뿌듯하다

금수저에 억만장자도
하루 세끼
흙수저에 가난뱅이도
하루 세끼

호화스러운 삶보다
가진 것 없지만
편안한 삶이 더 좋다

어차피 떠날 땐 빈손.

어항 속 물고기

지구촌 삼라만상 내 명치에 품고
빛바랜 추억부터 화려한 자태까지
지나온 추억이 렌즈 속에 담겨 있다

내가 나서는 순간부터 집에 올 때까지
저 하늘 위성에서도, 신호등 천장에서도
나를 향한 조리개는 계속 깜박거린다

초상권 침해 수준의 무자비한 카메라
때로는 기쁨과 환희의 보상도 주지만
때로는 슬픔과 고통의 잔재도 남긴다

내 주변에 그물망처럼 널브러진 복제기
내 손안에도 네 손안에도 쥐어진 채
투명한 어항 속 순간 포착을 노리고 있다

어느 사장님의 성(城)

컴컴한 골방에
손님을 맞이한
질곡의 세월에
백발이 난무하다

무량억겁(無量億劫)
허리는 활처럼 옆으로 휘고
손마디는 산등선이 되어
걸음걸이도 춤을 춘다

찬밥 한 덩어리에
신김치로 허기를 달래고
한푼 두푼 모은 티끌
자식새끼 다 내주고, 빈손이다

오늘도 뜸하게
오는 손님 고대하며
어둡고 차디찬 골방에서
모래성을 쌓고 있다.

기구한 운명

둥글게 만들어진 몸집
냉수에 몸을 불리고
뜨거운 가마솥 안에서
흰 거품 물고 울부짖는다

퉁퉁 익은 몸뚱어리
절구에 난동질 당하여
격자 틀에 성형되어
바람결에 서러움을 성토한다

그것도 부족해서
커다란 항아리 속
쓰디쓴 염장 물에
처넣어 잠을 재운다

콩으로 태어난 운명
모진 풍파 넘고 넘어
삭혀진 만신창이 몸
사람들은 입맛을 다신다.

길 잃은 방랑자

가을 햇살 가득 머금고
불그스레 치장하여
한둘씩 꽃잎 되어
추풍 따라 춤을 춘다

춤추는 오색 물결
바람결에 파도 타며
사그락사그락
갈길 잃은 방랑자네

그 자리 요염하게 앉아
아름다움 독차지하지
왜 자꾸 떨구어
발길에 차이고 짓밟히나

나도 그리하고 싶지만
찬바람에 등 떠밀려
가는세월 원망도 해보지만
낙엽이 내 운명인 것을~ ~

발목 잡힌 날

검은 먹구름에 소용돌이 오른쪽 눈
머나먼 남쪽 나라 수증기 듬뿍 물고
한반도 상륙 길에 오른다.

그 이름 태풍 다나스
밀려오는 비바람에
주말 출타길 발목 잡는다.

베란다 창가에 부딪히는
빗방울 소리 투탁
감자전 안주 삼아 탁주 한 사발

옥수수 양념으로 하모니카 소리
빗방울과 하모니 되어
노랫가락 흥겹구나.

비바람에 발목 잡힌 주말
한 주 동안 쌓인 피로
쉬어가라 하신다.

갈바람에 낙엽 따라

먼 산에 홍엽이
한점 두 점수를 놓을 때
아무런 말도 반항도
이별주 한잔 없이
붉어진 얼굴이었다

질곡의 긴 여정
끈질긴 인연의 족쇄
떨구는 낙엽에 기구한 사연 담아
갈바람 타고 훨훨 날아가 버렸다

같은 하늘 아래
다시 스칠 인연 없겠지만
혹시라도 미련이 남아있다면

새봄이 기다리고 있으니
기구한 사연 다 삭혀버리고
꽃잎 피워 다시 날아오소.

거꾸로 사는 세상이 편하다

동종의 형제자매들 저 하늘 태양에
두 팔 벌리고 탐욕에 아웅다웅 살아가지만
내가 몸을 낮추고 사는 이유는 편안한 삶 때문이다

삼라만상 생명체와 중생들
그저 높은 곳을 향해 우위를 점하고
부와 명예의 사욕에 사투하고 있다

내가 몸을 낮추는 또 하나의 이유는
물속에 비친 내 모습을 보고
내 모습에 반해 더욱더 몸을 낮춘다

비록 거꾸로 사는 인생이지만
남들이 가지 않는 나만의 편안한 길이
그 물가에서 유혹하기에 더욱 몸을 낮춘다.

제목 : 거꾸로 사는 세상이 편하다
시낭송 : 박영애
스마트폰으로 QR 코드를 스캔하면
시낭송을 감상할 수 있습니다.

수마의 흔적

성난 황토 군단이 지나간 자리
깊은 골짜기에 광활한 황야가 조성되고
제방은 무너지고 할퀴여
호수 위의 수상 가옥도 만들었다

성난 황토 군단 밤새워 긴 항해길
새벽안개 머금고 드러난 흔적은
수초와 나무는 그 자리 반쯤 누워있고
지상의 널브러진 쓰레기와
세간살이도 동행길 나선다

막사에서 탈출한 소, 돼지
황토 군단 대열에 머리만 드러낸 체
가까스로 탈출한 운 좋은 놈들
수초와 지붕 위에 구조의 손길을 기다린다

과수원 복숭아는 배 터지게 물먹더니만
바닥에 널브러지게 곯아 떨어지고
물구덩이 참외도 이파리 다 녹아
뼈대만 드리운 체 그 자리 폭 뭉그러졌다

폭우와 댐들의 방류에

피해 주민들 아비규환

책임소재 갑론을박, 치유의 손길 내밀지만

피해와 아픔의 상처가, 아물기에는

턱없이 부족한 수마의 흔적이었다.

허기진 삶

개울 휘도는 두메산골 오동재 산자락에
본채와 행랑채에 삼대가 옹기종기 모여
개울물처럼 시끌벅적 북적대던 삶이었다

가진 것이라곤 뒤뜰에 작은 밭뙈기와
건너 뜰 댓 마지기 논뿐이었던 살림
온 가족 입에 풀칠도 제대로 못 한 삶

굶주린 배 채우려고 십 리 길 화전에
담뱃잎 따고 뽕잎 따서 누에도 쳤지만
허기진 배는 여전히 채우지 못했다

오로지 등짐 하나로 육신을 불태웠지만
채워지지 않는 곡간과 고구마 통가리
감자에 희멀건 김칫국으로 배를 달랬다

삶의 터전을 떠나 뿔뿔이 흩어져 분가하고
그 궁궐의 부엌 마님은 고난 속 세월에
망가진 육신으로 병마와 맞서 싸우고 있다.

인생길

수많은 사연 수북이 담아
쉼 없이 달려온 세월
굽이굽이 돌아온 자갈길이
비뚜름하기만 하다

한 울타리 안의 길고 긴 여정
무심한 만큼 무탈할 수만 있다면
얼마나 좋을까

잘나고 못난 것은 백지 한 장 차이
끊을 수 없는 혈육의 정은
깊고 깊은 매듭이다

그 길
혼자라면 고독의 길이요
가시방석이다

인생길 어우렁더우렁
채워주고 나눔 주면서
아름다운 동행길 걷고 싶다.

담쟁이덩굴[1]

첨단의 손 담쟁이
그 촉수에 감지되면
미끄러지지도 떨어지지도 않는다

너의 등반 능력 자타가 최고로
공인한다

능구렁이처럼 살며시 다가와
촉수에 갈고리 걸어 낮은 포복으로
얼키설키 기초공사한다

봄이면 푸른 양탄자를 깔아
세상 허물 덮어주고 공생하며

가을 오니 붉은 이불 깔아
검은 진주 주저리주저리
생명줄 달고서

흰 눈 내리니 채워진 생명줄 다 비워
공수 레(空手來)
공수거(空手去)

---

1 [담쟁이 덩굴] 원산지 : 한국, 중국, 일본, 전국각처 산야
　　　　　 분류 : 포도과 / 담쟁이넝굴속, 꽃말 : 우정

징검다리

실개천 디딤돌 징검다리
천둥소리에 놀라 먹구름 타고
긴 항해길 나선다.

장에 가신 울 아버지
코앞 징검다리 앞두고
십리 길 돌아서 오다
먹구름 사이 해님이 손짓한다

항해 나선 징검다리
하나, 둘 얼굴 내밀며
그 자리에 바위섬을 만든다

그 섬이
아버지의 첩경(捷經)이었네!

제목 : 징검다리
시낭송 : 박태임
스마트폰으로 QR 코드를 스캔하면
시낭송을 감상할 수 있습니다.

종착역

물소리 졸졸
너의 목적지는 어디인지

바위틈 돌 사이 굽이굽이
정처 없는 긴 항해길

수많은 사연 담아
고난의 길 건너서

계곡에서 출발하여
널따란 강을 만나

종착역 푸른 바다에 사연 풀어
우리 모두 하나 되었네!

제4부> 잔상

지나온 세월 반백 년
귀밑머리 흰 솜털 이마에 잔주름 그어
수많은 사연 담은 외길 인생
질곡의 삶 건너 강산에 잠재워다

나약해진 육신

태곳적 어머니 배에서 나와
나라는 사람과 연을 맺은 지 십수 년
육신의 이곳저곳 성한 곳이 하나도 없네

인제 와서
지난 세월 후회한들 어찌하리
100세 인생 지금부터라도
망가진 몸 하나하나 추스르면서 살아야지

그 옛날 화려했던 그 모습은 어디 두고
핼쑥한 모습으로 네 옆에 있네
그만하기 다행이기도 하지만

지금보다 욕심을 부린다면
갓 태어난 어린아이 육신처럼
깨끗하고 건강했으면 좋겠다.

반란의 향기

코끝을 자극하는 내 금세
야는 분명 나에게 익숙한 향기인데
가죽 피리에서 나온 가스 향도 아니고
똥간 푸는 향기도 아닌
미묘한 그 향기는
분명 엄마표 향기다

해마다 주시던 향기
요즘 은근히 기대했는데
오늘에서야 그 향기를 주신다

신김치에 흰 두부 얹어 보글보글
뚝배기 속 군단들의 반란으로
걸쭉하게 김이 서린
엄마표 향기가 코를 쑤시고
침샘을 폭발 시켜 혀끝을 난동질한다

난
그 향
그 맛이 그립다

반란의 군단
내 금세
너는 무죄다.

망각의 삶

남들이 다가올까 봐
온몸에 가시 돋우고
끝눈을 피워보지만
날개도 펴기 전에 꺾인다.

온 힘을 다해
또 다른 눈을 틔면
그 순마저 꺾어버린다

이번에는 가시를 달고
날개를 활짝 편다.
아무도 찾는 이 없다

두 번의 쓰라린 상흔으로
삶의 방법을 터득하였지만
시작은 망각의 삶으로 계속된다.

잔상

지나온 세월 반백 년
귀밑머리 흰 솜털 이마에 잔주름 그어
수많은 사연 담은 외길 인생
질곡의 삶 건너 강산에 잠재웠다

지난 세월 좋은 기억 딱히 없고
고통의 잔재와 상흔만
기억 저편 뇌리에 가득하다

내 안에 비친 내 모습
고집과 욕심의 주머니를 차고
안주하여 달려 온 삶
삭혀내는데, 수십 년이나 걸렸다

남은 삶
응어리진 잔상 다 비우고
고향산천 양지쪽에 터전 잡아
산과 들 품에 안고 꽃나무 벗이 되어
거북이걸음으로 황천길 걷고 싶다.

핑계

인연을 엮은 사람들
막걸리 한잔하자고
식사 한번 하자고 한다

불쑥 내미는 손
내밀기가 꺼려지고
안 내밀자니 오해할까
엉거주춤 손을 잡는다

불청객 코로나 19에
모두 사주경계
선의의 거짓말 남발

언제까지 무슨 핑계로
약속을 피해야 할지
낯이 뜨거워진다.

환생

저 하늘 태양에 만세 부르며
옷을 홀딱 벗어 던지고
근육미를 자랑한다

고개 들어 미운 놈 이쁜 년에
장대 끝을 정조준하여
주머니 속에 잡아넣는다

소쿠리 가득 쌓여가는 풍요로움
곱기 곱게 면도질하여
꼬챙이에 일렬횡대 일광욕한다

산들바람에 몸을 부대끼고
가을 햇살에 찬 이슬을 먹으며
저무는 석양빛에 잠이 든다

수북이 쌓인 낙엽 더미처럼
가을향기 듬뿍 머금고
달콤하게 농익어 환생한다.

늦은 깨달음

카톡 타고 날아온 사진 한 장
아버님 5형제 사진
첫째인 아버님부터 막내까지
나란히 선 앞에
꼽사리 낀 나의 사진이다.

사진의 출처는 사촌 형님
앨범 속 추억의 사진을 펼치다
반백 년이 지난 나이에 보내왔다

두루마기 대님 동여매고
중절모 눌러쓴 아버님
준엄한 훈장님 같았다

딸 셋 나의 시고
네 번째 얻은 아들이니
항상 옆에 데리고 다녔나보다

아버님의 깊은 사랑
추억 속 사진 한 장으로
아버님 사후
그 깊은 사랑을 알게 되었다.

애증

사랑에 빠지면 그대의 노예가 된다
그저 바라만 보아도 꿈속에서도
마냥 설레고 심장도 방망이질한다

사랑이 떠날 때 미움은 날개를 편다
기쁨과 슬픈 양면의 얼굴을
가슴 깊이 품었기 때문이다

애정을 품은 모습은 천사의 미소이고
증오의 한을 품은 모습은 악마의 얼굴로
얼키설키 살아간다

사랑과 미움의 쌍두마차
많은 내공과 수행이 필요하고
마음을 다스려야 천사를 만날 수 있다.

떠난 이파리

춘삼월 꽃잎 피워
모진 풍파 넘고 넘어
쉬지 않고 밀어대는 초침에 떠밀려
희망의 동아(冬芽)를 묻어둔 체
비바람 따라 떠났다

태어나서
늙고
병들어서
가는 것이
순리이듯이

저 하늘로 쭉 뻗은
나무 우듬지에
새 생명 잉태시킨
이파리는 일생을 마감한다

잉태한 새 생명
삭풍의 긴 동면
인고의 쓰라림에
새봄을 꿈꾼다.

묵상

지난 세월 질곡 진 인생사
하늘을 우러러봐 묵상하며
안락한 꿈을 꾼다

그곳은 황금빛 숲이 우거져있고
운무 따라 흐르는 맑은 물
안식의 무릉도원이다

굴곡진 삶에 나약해진 육신
안락 경에 잠재우고
불사조 되어 창공을 날고 싶다

내 육신 생명줄 다하는 날
다음 세상 환생의 날개 달고
심심산천에 새가 되리라.

아버님 전 상서

두메산골 육 남매 중 장남으로 태어나
오직 육신 하나로 논밭 일구시고
다섯 동생 건사하고 여섯 자식 키운 당신

병명도 모르는 채 저승길 떠난 부친
치매 노모 밤에 나그넷길 오를지 몰라
툇간 마루에서 긴긴밤 지새운 당신

그 힘든 길을 어찌 걸어오셨을까
자식 둘도 힘들어 아버지 학교 들어선
나를 돌아보면 한없이 부끄럽기만 합니다

굴곡진 삶으로 얻은 뇌경색 반신불수
빠르게 대처하지 못해 마음속은 쓰리고
오늘 당신이 보고 싶어 선산에 오릅니다

양지바른 곳 당신 무덤 앞에서
묏등 잡풀을 가슴 쥐어뜯듯 뜯으며
통한의 눈물 흘리며 용서를 빕니다.

한결같은 마음

당신의 한결같은 마음
벗기고
벗겨보아도
한결같은 하얀 속살
난 그런 당신이 좋다

벗길 때는 눈물 나게 힘들어도
너와의 입맛 춤은
매콤달콤했다

어찌 그리 좋은 마음씨를 가졌다니
당신 향한 만인의 손길에
난 하얀 속살로 보답하고 있다

내가 아는 모든 사람
당신처럼
속이 꽉 찬
한결같은 마음을 가졌으면 좋겠다.

제목 : 한결같은 마음
시낭송 : 최명자
스마트폰으로 QR 코드를 스캔하면
시낭송을 감상할 수 있습니다.

36.5°

삼총사 모임 후 뒤풀이
주택가 아늑한 곳
희미하게 보이는 36.5
그곳 자동문을 터치한다

중년 주인 여장은 그 방 한쪽 모서리
전기스토브 불빛 옆에
진한 커피 빵 한 접시 놓고
고독과 시름하고 있다

주인마님은 그 자리를 내어준다
삼총사는 유자차 3잔을 시켜놓고
시(時)와 수필(隨筆)을 논하며
체온을 높이고 느껴본다

창밖에는 가로등 빛이 반사되어
화이트 거리를 만들어
내 눈을 착각의 늪에 빠지게 한다

유자차가 대장(大腸)에 도착할 무렵
다음 갈 발길을 옮기는데
주인장 더 있다가도 되는데~

쓸쓸함과 외로움에
가는 발길 잡는다
사람이 그리운가보다
체온이 떨어진다.

내 마음의 호수

산허리 굽이굽이 둘러싸여 앉은자리
그 물결 잔잔하고 고요하다
새벽 아침 물안개
호수와 하늘길 잇는 천상(天上) 길 열어
해님은 오색 아치문을 만든다.

푸름 가득 담은 내 마음의 호수
하늘의 울부짖음과 웃음으로
채워지기도 비워지기도 한다.

평온하고 잔잔한 호수
쪽빛 푸른 물결 너울 타고
그물 걷는 어부의 풍족한 마음과 나눔이
채움과 비움을 알려주듯이

내 마음도
비울 건 비우고
채울 것만 채웠으면 좋겠다.

내 마음의 호수처럼.

제목 : 내 마음의 호수
시낭송 : 박영애
스마트폰으로 QR 코드를 스캔하면
시낭송을 감상할 수 있습니다.

갈대의 심정(心情)

봄, 여름 모진 풍파 겪고
기나긴 여정의 길
가을의 길목에 갈대는

아랫도리 붉게 물들여
긴 모가지 들어내며
하나둘씩 자갈색 꽃을 피운다

이별의 기나긴 길 갈바람의 재촉에
사각사각 속삭이며 슬픔의 심정을
성토한다

넘어질까 봐 서로를 부둥켜안아
블루스 춤을 추고
멀리 도망갈까 봐 손 내밀어 탱고 춤을
어깨동무 갈색 물결파도 춤으로
이별의 슬픈 마음을 달래본다

이 가을 갈대의 심정은
보내야만 하는 아쉬운 가을
이별의 슬픔에 흔들리는 갈대 마음은
서로의 춤사위로 마음을 달랜다

이참에, 나도
갈 대손 꼭 잡고 가을이 가기 전
탱고 춤을 추고 싶다.

제목 : 갈대의 심정
시낭송 : 박순애
스마트폰으로 QR 코드를 스캔하면
시낭송을 감상할 수 있습니다.

상사화[1]

얼마나 부끄러우면
한 몸체 속에서
우리는 만날 수 없을까

생명의 태동에 꽃대 높이 세운 그녀
환한 웃음으로 기지개 켜고
온천지 불바다를 이룬다.

화려한 자태 몸맵시 자랑에
힘이 들었는지
그 자리 그냥 주저앉는다.

수줍음에 움츠렸던 초록임
그님 가신 뒤에
살포시 얼굴 내민다.

임 떠난 뒷자리
그리움에 사무쳐
오늘도 마냥 떠난 임 그리워한다.

제목 : 상사화
시낭송 : 박영애
스마트폰으로 QR 코드를 스캔하면
시낭송을 감상할 수 있습니다.

1[상사화] 원산지 : 한국 중남부이남
    분류 : 수선화과 / 상사화속, 꽃말 : 이룰 수 없는 사랑

민낯

오뉴월 기세등등 싱싱한 이파리에
몽실몽실 맺은 새빨간 꽃봉오리
꽃을 피워 담장 넘어 고개 숙이고
인사하던 너였다.

그 기세 가는 이 눈길 사로잡아
발길 멈추게 하고 콧등을 사로잡은 당신
그 화려한 연출은, 질투와 시기의 세월이
방해꾼이 되었다

강렬한 태양과 비바람에
꽃잎을 떨구고
고개 숙여 인사하던 당신의 얼굴은
민낯 되어 나의 시선에서 멀어져 갔다

짧은 시간 만인의 눈총을 받았던 당신
인제 와서 보니 화려한 꽃잎 다 떨구어
앙상한 줄기와 가시만 드러낸 체
담벼락에 기대여 가는 세월을 원망한다.

제5부> 추억담

버들피리 음률에 소를 몰고
찔레순 삐비껌 씹으며
바지게에 소깔 한 짐 부려놓고
쇠죽 솥 아궁이 군고구마가 그립다

동굴에서

동굴 앞에는 백운산 정기 받아
터전 잡은 무주태권도공원
구천 계곡물 굽이굽이
전라도와 충청도를 흐르고

계곡 뒤편으로 뻗은 동굴
그 깊이는 알 수 없지만
시원한 바람 냉기를 품어
피서지가 따로 없다

친구, 가족들 마음의 휴식처
동무산 바라보고 옹기종기
한낮 불볕더위 간 곳 모르는
나 메기 동굴이 너무 좋다.

산울림 반창회

고등학생반창회 산울림 모임
친구가 운영하는 동굴 펜션에서
목 삼겹살에 다슬기 안주 삼아
소주잔 오며 가며

사는 곳도 방방곡곡
직업은 가지가지
졸업하고 처음 보는 깜 씨 군인
곱슬머리 가리마 휘날리며
반갑다 손에 손잡고
저승 간 친구도 손꼽아 세어본다

오락부장 이 영감 나리
허풍 문상 17억 부동산 사고팔고
중매쟁이 역할극에 박장대소

박 세 임 방위군 생활
먼저 한 선임 친구한테 동계훈련
얼음장 깨고 잠수 훈련에 완전군장
고생한 사연 풀어 하소연에 더 큰 웃음

이야기꽃 무르익어 동굴 앞 소주는 바닥을 보이고
가마솥 어죽이 쓰린 속 풀어주니
산울림 고등학교 친구들의 우정은
시원한 바람 타고 하루해를 잠재운다.

낙산사

낙산사 홍례문 앞 산딸나무 아래
살랑살랑 꼬리치는 하늬바람과
동자승이 따라준 물 한 바가지
시원함에 무더위와 갈증을 잠재운다.

관동팔경 의상대 낙락장송 아래
해안 정자 일출 광경에
붉은 연꽃 위에 피워낸 관세음보살
홍련암.

설렘이 있는 길, 해수관음상
왼손으로 감로 수병(甘露水¹瓶) 받쳐 들고
오른손은 가슴 쪽에 들어 수인(手印)² 짓고 있다
종각에서 나설 꿈길 타종 울리며
그 꿈 잡으러 길을 걷는다.

---

1 감로수(甘露水) : 깨끗하고 시원하며 맛이 좋은 물을 비유적으로 이르는 말
2 수인(手印) : 수행자가 손이나 손가락으로 맺는(印)을 가르키는 불교용어

파도

동해의 끝자락 외옹치(外甕峙)
파도는
큰 너울 바람 타고
방파제로 달려온다.

무슨 원수를 지었는지
바위섬과 방파제를 타격하여
흰 물거품을 만든다

푸른 하늘 뭉게구름
파도 춤 구경나선 듯
수평선 끝자락 옹기종기
일출을 맞이한다

출렁이는 가두리양식장
지네 발처럼 허리춤을 추고
구경나온 백사장 관객들
파도의 파편에 줄행랑치면
만인의 발자취
흰 거품에 휩싸여 파도에 묻힌다

파도는
어지러운 인생사
깔끔하게 치유하는
만인의 의사이다.

제목 : 파도
시낭송 : 김지원
스마트폰으로 QR 코드를 스캔하면
시낭송을 감상할 수 있습니다.

향일암

양손 등에 지고 거북이걸음으로
등용문 지나니 기암괴석 길
하늘길 해님보고 오르니
탁 트인 푸른 바다와 좌선대가 보인다

그곳에 동전 한 개 던지니
참의 세라고 줄행랑친다
두 번째 동전 던지니
파도 타듯 좌선대에 안착한다

행운을 가지고 하산길
꼴뚜기 한 점에 탁주 한 사발
발걸음 깡충깡충 토끼가 되었다.

고량주(高粱酒)의 위력(威力)

중국 연수에서 만난 고량주
회원들은 고량주에
매력을 발산한다.

가지고 간 소주는 뒷전으로
여행용 가방에 다시 들어가
비워지지 않는다.

고량주는 회원들 기분을 부풀리고
용기 있게 만든다.
권하고 따르고 마시고 원샷

그의 위력(威力)은
재풍 상은 샤샤 현지인이 되었고
수훈 상은 바람잡이 장사꾼을 만들었네.

향후 회원들 모임 주는
고량주에 양장피로
건배주를 준비할까 한다.

과연 한국에서도 그 맛이 날까

국산이냐 중국산이냐

먹어봐야 맛을 알지

아 먹고 싶다

그 이름

고량주.

과도한 군불

손님이 오신다기에
행랑채 아궁이에 군불을 지핀다
오랜 기간 비워둔 빈방이라
불을 많이 지피라는 어머님

손님은 안 오고
손님 대신 그 방을 독차지하고
두툼한 이불 하나 깔고
두 개의 요때기를 덮었는데
웃풍은 코끝을 시리게 한다

바람은 비를 몰고
유리 창문 덜컹덜컹
쾌쾌한 흙내음
연기에 취해 잠이 든다

뒤 창문 외풍과
가로등 불빛이 잠을 깨운다
몸은 천근만근
이리 둥글 저리 둥글
아랫목은 새벽녘까지 따뜻하다

다음 날 아침 들춰낸 이불 밑
장판과 이불이 검게 타버렸네
천만다행 화상을 면했다
너무 과도한 군불이었다.

뒤 도랑 추억

나 어릴 적 뒤 도랑은
추자 나무 아래 우물 샘이 있었고
우리 어머님들의 물동이와
우리 아버지들의 물지게를 불러들였다

더위 올 때는 물웅덩이 미역감고
때죽나무 열매 질근질근 찧고
푸른 추자 독작에 갈아 물에 풀어
송사리 가재 잡던 추억이 아련하다

그 시절 그렇게 크게 보였던 도랑은
인제 와서 보니 너무 작아 보이고
추자 나무는 세월 속에 묻히고
도랑은 축대벽이 쌓아졌고 잡풀만 무성하다

물은 집안 수도꼭지에서 나오고
도랑에 놀던 송사리 가재는
맑은 세상 찾아 이민 떠났고
물동이와 물지게도 박물관에 안장되었다.

빈 담배 곳간

담배를 말리던 담배 곳간
황토 옷 둘러 입고 지나온 세월 반백 년
한 점 흐트러짐 없이 그 자리 그대로
요지부동(搖之 不動) 우뚝 서 있다

오뉴월 끈적끈적한 담뱃잎 따다가
해 질 녘 새끼 끈에 한잎 두잎 엮어
담배 곳간에 빨래처럼 걸어서
화기(火氣)로 말리던 곳간이었다

담배를 말리지 않을 때는
그 높은 사다리 타고
담배 곳간 용마루 오르락내리락
숨바꼭질 추억도 서려 있는 곳이다

그 옛날 허기진 배를 채웠던 담배 농사
이제는 머나먼 추억의 특화작목으로
우리 곁을 떠났고 그를 기다리던
빈 담배 곳간 장작더미만 품고 서 있다.

추억의 맛

어릴 적 엄동설한
청솔가지로 군불 지피고
아랫목에서 즐겨 먹던
그 맛이 생각난다

뒤꼍 돌감나무와
뒤뜰에 고욤나무
세월 속에 묻히고
허기진 지난날
추억 속 맛이었다.

단지 속
어름 설렁설렁 서린 홍시와
진 눌러진 고욤도
그 시절 유일한 식량이었다

요즘은 넘치는 먹거리에
고욤은 찾아볼 수 없고
감나무에 감들도
산새들에 다 내어준다

아~
그 옛날
심연의 단지 속
아련한 사연은
추억 속 애환이었다.

추억의 명소길

빡빡머리 중학교 칠 우회
코로나 19가 막아버린 장벽
적상산은 빨강 치마 입고 유혹한다

석천이 용희, 성근이 범국이
흰 두부 한모 쪼개 먹고
소싯적 소풍 명소길
추억을 펼쳐본다

엎친 바위, 장도바위 지나
서문에 들어서니
등산로 일보 일경이
인산인해다

안렴대에 오르니
티 없이 맑은 태양에
붉게 태워버린 홍엽이
능선에 미끄럼타고 내려간다

향로봉에 인증사진 찍고
망원대에 도착하니
깎아지른 기암절벽 오색단풍
친구들 환호성에 감탄을 폭발한다

낙엽으로 감춰버린 미로
힘든 고행길이었지만
숨어있는 비경들이 반겨주고
다시 못 올 추억을 쌓아주었다.

추억담

적상산 아래 첫 동네
오동재를 등에 업고
개울 안 산 솔따배기길 가슴에 품고
앞산 밑 맑은 물 길 왕천이 흐른다

통학 반장 호위하에 배움길 십 리
오는 길 실개천에 미역 감고
대나무 살 빗어 방패연 꼬리연
저 하늘에 희망을 띄웠었다

버들피리 음률에 소를 몰고
찔레순 삐비껌 씹으며
바지게에 소깔 한 짐 부려놓고
쇠죽 솥 아궁이 군고구마가 그립다

넉넉하지 못했던 허기진 삶
앞마당 멍석에 옹기종기 둘러앉아
찐 감자 동치미로 목축이고
청솔가지 모깃불 지피며
별똥별과 눈을 맞춘다

그리운 추억을 간직한 내 고향 귀향길
또 다른 추억을 설계하고 지우며
오늘도 추억의 모래성을 쌓고 있다.

탈출

아내의 성원(聲援)에 이끌려간 성전(聖殿)
영문도 모른 채 이끌려와
성전 뒤쪽 중간쯤에 안착한다

무대 앞쪽은 어깨춤에 풍금 위 리듬 타는 손가락
고개를 끄덕거리며 드럼 장이 장단에
노랫소리 울려 퍼지고
독 안에든 중생은 두툼한 책갈피를 넘기며
지루한 시간을 보낸다

찬양은 끝이 나고 목회자의 말씀
노아의 방주
까마귀와 비둘기의 사연을 끝으로
모두 기도가 시작되자

그 틈을 이용 탈출 기회를 엿보다
고개를 슬그머니 숙이고 뒷문으로 탈출하여
화장실로 줄행랑쳤다

그곳에서 거사를 치르고
찬양 소리가 잔잔해져
밖으로 나오니
성전 문도 열렸다

나도 자연스럽게 그 앞을 걸었다.

아궁이와 아랫목 생각

날씨가 춥고 겨울이 오면
어릴 적 아궁이 불 지피던 생각이 난다

해거름에 불쏘시개 솔잎에 잔솔가지 불을 지펴
장작개비 올려놓고 풍구 바람 돌리며
피어나는 연기에 부지깽이 쑤셔가며
눈물 콧물 삼키던 정지바닥이 그리워진다

한쪽 아궁이엔 밥이 끓고
다른 한쪽 아궁이엔 김칫국이 김을 서린다
어머님은 연기 피해 나가라고 하지만
끝내 아궁이 앞에 부지깽이 들고 불장난한다

불장난하면 밤에 오줌 싼다고 하여도
따스한 아궁이 앞이 좋았다
초저녁 아랫목 뜨거워서 이불 걷고
새벽녘엔 방이 식어 이불을 끌어당긴다

한겨울

무한정 먹어대는 아궁이에 줄

물 거리 갈퀴나무 통나무 땔거리 작업하러 산으로 간다

녹화정책 산림계서 단속반 나타났다, 겁먹고

지게 버리고 산으로 달아난 추억의 삶은

아득한 옛날 우리의 삶이었다

겨울이 오면

시원한 생고구마 깎아 먹던

따뜻한 아궁이와

아랫목이 생각난다.

고향(故鄕)

내가 태어난 고향 길왕(吉旺)마을

뒤뜰 나무꾼의 쉼터
우 참나무쟁이
아래 참나무쟁이
옛날 그 참나무 세월 속으로 사라지고

솔 따 배기
깨울 랑산
뒤뜰 방죽
옛날 그 모습 그대로네

변한 것은
보이지 않는 어르신
새집에 칼라 지붕
신작로(新作路)

나도 나잇살에 흰머리만 늘었네.

제6부> 미래의 터전을 그리다

난 그곳에 조그만 집을 짓고
아름다운 정원도 만들어
그들을 가꾸고 꾸미며
여생을 살아가고 싶다.

황금농원 만들기

내가 너를 처음 본 순간
너에 대한 소유 욕망이 강렬했다
너를 소유하기 위해서
응찰 가에 백십 퍼센트 투자했다

투자한 노력 끝에
넌 내 것이 되었다
너를 가지고 보니 흐트러진 모습이
너무 많아 이곳저곳 꽃단장도 해주었다

내 맘속에 너를 향한 사랑과
그리움은 오대양 육대주를 품고
꿈속에서도 너의 아름다움을 위해
밤새껏 성형을 그리고 있다

오늘도 사랑의 결실이 쏟아지는
그날을 위해 최고의 황금농원으로
설계하며 사랑 노래 불러본다.

황금농원의 봄 울림

황금농원 봄 울림
봄의 선두주자 다섯 손 우산고로쇠
우산의 덕인지 봄눈에도 잎을 피운다

두 번째 주자는 칠엽수
부푸는 잎망울 사월 햇살 눈치 보고

지난해 일찍 꽃망울 터트린 황금알 호두 아저씨
늦은 봄눈에 된통 얼어맞아 움츠린 채 있네

겨울철 멧돼지들 쑥대밭 놀이터로
봄철엔 고라니 토끼 텃새들
생명의 터전 황금농원

양지쪽 언덕에 뾰족이 고개 내민 고비 할멈
아이고, 취하네 벌떡 누어버린 취나물 나리
가시나무 꼭대기 통통한 순 피워 웃는 두릅 아가씨
봄철 주인장 입맛 돋워 준다

황금농원의 새 생명
좋은 기운 듬뿍 받아 새 생명 잉태하여
황금알 낳아 다시들 놀러 오수나.

농막

깊은 산속 황금농원에
농원 지기 농막이 있다
비가 오나 눈이 오나 항상 그 자리

세월의 세파 속에 검은 피부와 부스럼에
피부 미용도 해주었다
농막은 나의 터전이기 때문이다

더울 때는 그늘이 되어주고
눈, 비 올 땐 가림막과
주인장의 편안한 쉼터도 준다

홀연 내가 잠시 출타하더라도
외로워하거나 찾지는 말아라
심심하면 호두랑 단풍이랑
숨바꼭질 술래놀이하고

어두워서 무서우면
대문 앞 도깨비, 방망이 불 켜고
일 보고 올 때까지 집 잘 지켜다오.

영농일기

인생 2막으로 준비한 농원
황금알 호두, 황금송, 황금 회화나무에
황색을 따서
황금농원이라 명명하였다

주 수종은 호두 아저씨
부수 종은 조경수 아줌마

봄에는 밑거름 주며
여름, 가을 풀 베 주고
겨울은 전지 전정 교정 수술로
선남선녀로 만들어나간다

황금을 만들기 위한 장기레이스
친환경 농법을 고집하지만
잡초와 병해충 공격은 날로 심해
육신을 힘들게 하고 잔병만 치른다

황금을 만들기는 쉽지 않지만
황금이 쏟아지는 그 날의 희망을 품고
오늘도 황금농원으로 달려가
그 일기를 쓰고 있다.

황금농원의 만추

만추의 황금농원의 나무들
모두가 옷을 벗었는데
유일하게 철모르는 단풍은
홍엽을 달은 체 세월 가는 줄 모른다

기세 당당한 나무부터
모진 고통 이겨내고 목숨만 연명한 나무까지
감추어진 사연들 모두 드러내
농장주와 눈을 맞춘다

눈 맞춤에 면목 없는 농장주 말 한마디
주인 잘못 만나 고생시켜서
미안합니다. 라고 하면서
아픈 상흔을 치유해준다

농원 저편에 노란 낙엽송잎
바람결에 우수수 머리 위에 내려앉고
계곡 속, 짝을 찾는 고라니 울음소리
처량하게 애원한다

만물이 숨죽인 만추의 끝자락
모두가 활짝 벗어버린
당신의 앙상한 골격을 보면서
농로에 쌓인 낙엽을 쓸어본다.

새 생명을 만나다

오뉴월의 풀의 자라는 속도는
하루가 다르게, 크는 게 보인다
나는 풀과 싸움을 위해서
휴일이면 그곳으로 달려간다

예초기 레버를 당기고 굉음을
울리면 온 산야가 메아리쳐 오며
풀들을 부들부들 떤다

팥배나무 가지 속 붉은 머리 오목눈이 새
둥지 속 알을 품다 줄행랑치고
새끼 고라니 놀란 모습에 허둥지둥
풀숲에 머리를 묻는다
멧돼지는 쑥밭 밤새 쑤석거려 놓고
어느새 먼 산으로 몸을 숨겼다

새 생명의 터전 보금자리
방해꾼이 되어서 미안하지만
또 다른 생명체들을 위해서
선택의 여지가 없었음을
이해해 주길 바라는 마음이다.

미래의 터전을 그려보다

미래의 터전
공기 맑고 조용한 곳에 자리 잡고
제2생을 살고 싶다

그 터전은 부모님이 물려주신 토지가 있다
앞에는 버드 산이 보이고
뒤쪽에는 오동재와 임도가 개설되어있고
순환 마실 길도 있다

토지 옆에는 물이 흐르고
사방댐도 설치되어 있다.
그곳에 수년 전부터
유실수와 소나무도 심었다

그러나 아내는 그 터전이 아니라고 한다
아마 도심에서 떨어져 있어
생활하는데 여러 가지 불편하다고 한다

먼저 아내가 좋아할 수 있는 기반시설을 갖추고
취미 생활할 수 있는 공간도 조성해줄 생각이다
아내의 설득과 그 꿈이 실현될 수 있을지
오늘도 미래의 터전을 그리고 있다

난 그곳에 조그만 집을 짓고
아름다운 정원도 만들어
그들을 가꾸고 꾸미며
여생을 살아가고 싶다.

들풀

새봄 지층을 뒤흔들며
우후죽순 솟아나
키 재기하던 너였다

비, 바람에 넘어지고
허리 잘리고 짓밟혀도
꿋꿋이 잘도 일어난 너였는데

요즘 농익은 너의 모습은
꼬부라진 허리에 빛바랜 피부로
더 몸을 낮추어 인사한다

자연 앞에 고개 숙인 겸손은
부와 명예욕에 사투하는 인간사의
선망의 들풀이다.

참새와 허수아비

들녘의 파수꾼 허수아비
그는 떠났다
그가 떠난 이유는
콤바인이 지나간 후부터이다

참새들의 유일한 터전인
황금 들녘
나락 모가지 한 톨도 없이
싹쓸이해 갔기 때문이다

새들이 찾지 않는 빈 들녘
초라한 내 모습 보여주기 싫어
이름 넉 자 남겨두고 떠났다

들녘의 허기 진 새 떼들
우리 터전으로 찾아들지만
그곳은 독수리 건이 하늘을 날고 있다

아!
갈 곳이 없다
山 넘어 山이다.

광명

폭풍에 내가 넘어지는 날에는
만물이 화마에 무너지고
희망의 빛은 절망 속에 잠긴다

흰 기둥 속 깊숙이 뿌리 내린 심지는
밀알의 불씨 받아 육신을 불태우며
풍전등화 속 희망의 빛을 밝힌다

심심산천의 암자에서도
광장 속 대중의 손아귀에서도
어둠의 등불과 평화의 횃불이다.

현대문명의 찬란한 불빛에 밀려
점점 사라져 가는 촛불이지만
희망과 평화는 영원하리라.

만추의 길목

만추의 휴일 천변을 걷는다
가는 길 억새는 붉은 옷 갈아입고
흰 모가지 갈바람에 나부낀다
억새 사이 갈대임은
무거운 수술을 달고 고개 숙여 인사한다

철모르게 노란 꽃을 피운 똥딴지
허리 잘려 재생한 개망초와 기생초도
늦은 꽃을 피우느라 바쁘다

흐르는 여울물가 청둥오리 가족들
잠수질에 물살을 가르고
흰 왜가리 먹이 찾아 황소걸음 한다

버드나무 가지 위에 모여든 텃새
겨울맞이 작전 회의 지저귄다

만추의 휴일
겨울의 길목에
가을도 가고 해와 달도 간다
그 길 나도 따라간다.

제목 : 만추의 길목
시낭송 : 박영애
스마트폰으로 QR 코드를 스캔하면
시낭송을 감상할 수 있습니다.

가을하늘 스케치

맑고 파란 가을하늘에
미확인 비행물체 날고
꽁무니서 품어내는 제트기류도
날 샌 줄 모르고 자는
초승달도 희미하게 보인다

하늘 아래 너울처럼 걸쳐있는 뭉게구름
떨어질 듯 말뜻 흩어지는 솜털 구름
해님은 뭉게구름 타고 솜이불 속 숨바꼭질
술래 찾은 햇빛 빨개진 얼굴

아침에 해 무지개 그려
산마루 걸쳐놓고
새참 나절 구름 부대 나들이에
석양길 붉은 노을 수를 놓으니
가을하늘은 한 폭의 수채화다.

풀벌레들의 합창

이른 아침 나팔소리에 길 나선다.

나팔 부대 앞에 다가가니
풀 속 풀벌레들 다모여 노래는
하모니 되어 울려 퍼진다.

음률은 몰라도
각자 톤을 맞추어
힘차게 노래한다.

기상나팔 소리
나팔꽃은 선창
풀벌레는 후창
길 나선
관객을 위한 오케스트라
연주는 가을 나그네
풀벌레들의 합창.

천생연분

새벽녘 길 나선다.

가는 길 도보 자전거길 나누어져 있다
길옆 가장자리 기생초의 터전이다.

진분홍 동그란 가슴에 노란 얼굴 활짝 피니
노란 가슴에 하얀 얼굴 미소 지은 개망초
어느새 내 터전에 우후죽순 자리 잡아
산책길 아름다움에 감탄케 한다.

기생초 터전에 개망초꽃이
어우러지니
환상의 꽃길이 되었다.

우리네 인생 여러 길 있지만
때로는 그 길을 넘나들듯이
기생초와 개망초 궁합은
천생연분

가을이 오는 소리

차창 가에 투덕투덕 노크 소리
물방울이 주르르 미끄럼 타니
그 소리에 와이퍼를 작동시킨다.

앞차에 보이는 빨간 두 눈 따라
물보라 위를 가르는 물레바퀴
멀리 보이는 빨강, 푸른 신호등
유난히도 밝아 보인다.

한 평 남짓한 창문으로 들어오는
푸르른 언덕 위에 희미하게
그려놓은 산수화가

한여름을 지워버리고
가을을 등에 업어
해님을 기다린다.

맑은 하늘에 가을 햇살 비추면
시원한 갈바람
가을이 오는 소리인가 보다.

제목 : 가을이 오는 소리
시낭송 : 최명자
스마트폰으로 QR 코드를 스캔하면
시낭송을 감상할 수 있습니다.

밤꽃이 필 때면

먼 산야 푸르름 사이로 밤꽃이
흰머리 휘날리며 수를 놓으면
전, 답들은 푸른 물결로 넘실거린다

보리는 꺼 치른 수염 세워 고개 숙이고
마늘은 허리가 굽은 체 주인장 눈치 보며
유월의 강렬한 태양에 이별을 고한다

뻐꾸기 울음소리 서쪽 새가 화답하고
공원, 산책길 금계국이 환한 눈웃음에
고구마는 땅심 받아 알뿌리를 키워간다

밤꽃이 필 즘에 새벽부터 찾아온 해님은
새 생명에 희망의 빛을 주느라 갈길 잃고
늦은 녘 달님을 만나러 간다.

벗으니 비로소 보인다

청춘의 푸름에 감춰진 모습의
나무는,
비로소 옷을 벗으니 보인다

질병의 깊숙한 상처도
숨통을 조여 오는 덩굴도
병마와 싸워 죽은 가지도 눈에 띈다

나는 고통 받는 그들을 위해
고통의 상흔(傷痕)을 치유해주고
아름답게 성형도 해주었다

병(病)은
소문을 내어야 치료 방법을 언뜻이
보이지 않는 곳은
벗으니 치료가 된다.

제6부> 미래의 터전을 그리다

거꾸로 사는
세상이 편하다

전병일 시집

2021년 6월 16일 초판 1쇄
2021년 6월 18일 발행
지 은 이 : 전병일
펴 낸 이 : 김락호
디자인 편집 : 이은희
기 획 : 시사랑음악사랑
연 락 처 : 1899-1341
홈페이지 주소 : www.poemmusic.net
E-Mail : poemarts@hanmail.net

정가 : 10,000원
ISBN : 979-11-6284-292-8